JN098903

航路

Ono Emiko

小野恵美子句集

ふらんす堂

航路／目次

Ⅰ　風光　平成十九年～二十三年　5
Ⅱ　風韻　平成二十四年～二十九年　65
Ⅲ　風趣　平成三十年～令和四年　127

あとがき　191
季語別索引　192
初句索引　207

句集
航路

Ⅰ

風光

平成十九年〜二十三年

窓少し開けて今年の風を待つ
瞑れば我に初日の翼あり

福詣いくつもの橋渡りけり

川波の綺羅が囃せり梯子乗

鳥総松風がさびしくなりにけり

恋猫は何約せしや灯に別れ

畝なりに残る春雪鶏鳴けり

夕波の丈揃ひたる末黒蘆

春暁の拳ひらけば波のこゑ

とりどりの旅装や春が着岸す

大霞午鐘を海へ拡げゆく

絵の具の斑いくつ重ねて春怒濤

草萌や巻尺限りなく伸ばし
手繋ぎて樹齢を測る春夕べ

猫の眼草蹋めば耳朶を風過ぎぬ

湧水の雲影ちぢに春茜

発つ鴨と残るを繋ぐ波の綺羅
天へ託す文のあれこれ柳絮飛ぶ

忌日来る一世の縁の初ざくら

花ふぶけ小さくなつた母がゐる

夢いくつ載せておぼろへ列車発つ

白地図のおほかたは海夏に入る

はつ夏の海光殖やすとんぼ玉

わらべ唄は平仮名ばかり黐の花

クレヨンの青使ひ切る海開き

漕艇へこゑの束投げ青あらし

白南風や流木で書く一行詩

白南風の帆やふるさととなす他郷

貝風鈴はるかより夢運ぶなり
端座とふもてなしもあり青網戸

思ひ出の師に及びたる言涼し

砂日傘きつちりと捲く別れかな

夏帽を振つて改札口に消ゆ

白靴の旅愁を拭ふ夜の列車

篋底に余白涼しき父の文

茄子の馬ちちははにもう遅速なし

おのづから追風となる流燈会

起抜けのしやぼんの泡にある秋思

爽かや戸籍筆頭者にしてひとり

夕刊噛む露けきドアの一つ一つ

重陽の葭のしろがね暮れゆけり

露の子等に兎を探す掲示板

束ねては十指も燃ゆる曼珠沙華

藻ながき白木槿海暮れむとす

画布に打つ点集まつて雁渡る

小流れは穂架の軽さもて跳ばむ

数珠玉の幾顆を旅のかたみとす

父情とは口つぐむもの新松子

言霊は滅びず冬の一つ星

名付けては親し木枯一号も

上枝より風のはじまる冬欅

好晴の画布のうちそと落葉降る

予定表書けば一気に年詰る

新宿に出て父の忌の片時雨

霜踏みゆき思ひ躓くばかりかな

煤掃やしばし遺影を几に移し

それぞれの座に影戻り去年今年

*

蔵の扉を恵方へ開く槻並木

獅子舞の気負を冷ます風の辻

列車野に出で大寒の日を追へり

邂逅の大き手套につつまれぬ

縄跳や波のはたての富士も入れ

寒泳の白鉢巻を擲てり

乙女らの寒泳校歌もて終る

鴨の輪に一羽を加へ日洽し

磯畑へ木橋渡りぬ猫の恋

身じろがぬ少年の影芝火燃ゆ

遠雲へ槻の喝采卒業期

堤行く風の翼やさくら時

対岸の風濃きゆふべ燕来る

忌を明日の髪切りにゆく桜冷

ひと世とは桜蘂降る片手桶

春月の見てゐる鍵を挿しにけり

春装にとりまかれたる昇降機

独り居も佳しや六日の菖蒲風呂

風も刻もゆるやかに過ぐ更衣

ナイターの沸騰点の中にゐる

たてがみも鞭も流線青あらし

泳ぎ切りし犬の身震ひ蘆茂る

竹皮を脱げり楷書のごと生きむ
玉解く葛朝は鳥語も濡れてゐる

水満ちて天上に朴ひらきけり

深谿より朴咲き雲はみづみづし

大茅の輪結ふ山霧に鞣しては

亡き人と手繋ぐ間を螢の火

渓声のふた筋となる螢の火

山姥に振向かれたる青葉闇

椎咲けり真夜投函の音たしか

夏萩の白の矜恃を括りけり

期して待つ多摩の雷かな先師の忌

師のひと世直情といふ涼しさよ

八月や征かぬを負目たりし父

翳さらに濃くせり処暑の槻並木

新秋の玻璃拭くあをき海を拭く

波爽涼雲湧く方にある未来

雀蛤となる叶はざる夢ばかり

吸口の柚子より旅愁始まれり

波音や刈りて丈余の蘆の艶

鰯雲一顆の種と吾もならむ

ふるさとに濠あり曼珠沙華咲けり

秋風に少女らに追越されゆく

霧の夜の列車挙手もて送るなり

小鳥来る旅信の封のト字記号

小筥よりさらに小筥や秋の声

異星より無数の電波冬に入る

日当りてけふより冬樹とはなりぬ

耕二忌や地に大粒の時雨の斑

衒へ脱ぐ手套よ海の無人駅

天鵞絨の夕日を浦に枇杷の花

大臼に光を湛へ年用意

楽に合はす胸中のこゑ社会鍋

あかあかと灯し除日の探しもの

Ⅱ

風韻

平成二十四年〜二十九年

容なきものに守られ去年今年

鳥総松秀に触れ命惜むなり

太初よりみづいろ旅始
待春の風は何色玻璃を拭く

青畳春立つ跫音やはらかし

料峭や束ねて和紙に裏おもて

地に描く大いなる円風光る

ナプキンの円錐並ぶ蝶の昼

三月の画布に重ねて波の色

春祭べつかふ飴に海透けて

鳥雲に岬の茶房の独逸文字

暁の風を恃みに鴨帰る

白地図を一気に馳せて春の川

双手もて受けて芽立の些々の雨

磧草芳し暫し藉きてゐむ

鷹鳩と化す掌中にある宇宙

花冷や母の逮夜をちらし鮓

行きかへり見て母の忌の大桜

春愁や埴輪に永久のまるき口

まだ夢を追ふ蒲公英の絮の旅

一軽舸立夏の風を載せて漕ぐ

風五月写真の母と海へ行く

付台の葉蘭の艶も鰹どき

子燕や大戸をひらく船具店

遠き帆を茅花流しの起点とす

ほぐれむとして朝風に牡丹の威

咲き満ちて野ばらが海をさびしくす

竹皮を脱ぎてはじまる物語

海の日や気球の影を置く渚

ふるまちの水音さはに夏のれん

海の駅より繰出す百の夏帽子

手を逸れてちちははの世を飛ぶ螢

振向かぬことを掟か螢の夜

手に囲ふ螢火帰心俄かなり

中坪に無韻の刻や沙羅落花

落し文に踽みて己が影拾ふ

流すまでうつし世に置く絵燈籠

ひざまづくとき風俄か流燈会

帽変へて出て新秋の風に逢ふ

ひとつひとつ灯り秋めく窓となる

爽籟や旅愁を束ね発つ巨船

飾文字大き墓碑銘木の実降る

秋風や旅に求めし陶一壺

秋風や声変へてみる糸電話

蜈蚸飛ぶ先へ先へと影殖やし

分けゆきて師のこゑ聞かな露葎

小鳥来る色それぞれに糖衣錠

こほろぎや耳奥は侏儒の棲める国

海鳴りや影ごと刈つて曼珠沙華

蘆刈つてまた対岸を遠くしぬ

木の実一顆打ちて湧水昂らす

踝は驚きやすし露葎

冷えびえと使はぬ部屋の畳踏む

仏供へと折りて半紙の朝の冷

日の落葉一枚受けて耕二の忌

父の忌の時雨を追うて戻りけり

父の忌の葛湯や下戸を我継ぎて

音立てて畳む霜夜の旅の地図

螺子捲いて父の時計を起す除夜

*

初夢の混沌たるを吉とせり

耳打のごとくぽつぺん鳴らしけり

知恵の輪の冷たさに夜は遊ぶべし
重ね着て開き直つてゐたりけり

離りゆく寒柝に気を載せてゐる

寒柝の遠さはちちははの遠さ

長兄へ

忌に集ひ日脚伸びしを誰も言ふ

ひとり撒く福豆十粒ほどの幸

春へ一歩出づるや胸の鍵開けて
みがかれて銀器もつとも冴返る

浅春の帽を支へて耳二つ

踊めるは飛立つかたち梅真白

未知へなほ向ふ靴先風光る

夕刊の残る寒さを畳みけり

鷹鳩と化す楷書しか書けぬ我

三代の東京住ひ蒸鰈

春愁や薬缶が笛を吹く真昼

その中に母を顕たせて花吹雪

杉香る斎の割箸さくら冷

桜蘂降るや十年の心の喪

なかなかに返書は重し春深し

羽根もつは寂しきか早や春蚊出づ

磧草影纏ひそめけふ立夏

薔薇の風渡り円卓に序列なし

表札の楷書由々しき夏館

祖父の忌や露のまろさの枇杷一顆

父の日といふ何もせぬ日なりけり

流すこと今年多々ある夏越かな

木暮より出で鳳蝶となる真昼

三伏の風ひとすぢを恃む朝

諳んずる師の句幾許暑に抗す

砂時計真夜の四辺を涼しくす

昇降機ひらりと灯蛾の乗りきたる

撒水車海道に虹曳きてゆく

小流れは雲の通ひ路糸蜻蛉

秋立つと風が耳打して過ぎぬ

用無きに出でて九月のきつね雨

水原春郎先生逝去

秋風の遠へ祈りの帽を取る

袖垣に秀でて風の萩一枝

爪紅や風の路地より縄電車

占ひのけふを恃めり鰯雲

月光をこぼさぬやうにたなごころ

邂逅や木の実一顆を手渡しに

母恋へば紅絹の袖より秋の声

喜びの大いなる東落し水

畦草に風を移して蝗蝻飛ぶ

対岸の秋意に触るるべく渉る
こころざし高きに遊び新松子

半円の萩の夕風くぐりけり

朝すでに飛ぶ意たしかや蘆の絮

日毎捲く父の時計よ小鳥来る

ざくと切る白菜何に怒りゐし

耕二忌や落葉を俫へ槻大樹

綿虫を追ふ父の忌の影を追ふ

人送る言の葉も日も短しや
社会鍋楽のをはりは息長に

たよりなき灯を橋上に雪来るか

Ⅲ

風趣

平成三十年〜令和四年

いつの世も父が読み手の歌がるた
ぽつぺんの昔の音を聞く夜かな

喧嘩独楽同心円の色あふれ

一目づつむかしを掬ひ毛糸編む

綾取の橋がくづれて眠くなる

雪降れり薬味をさはに鰊蕎麦

少数派任じぬいよよ着膨れて

福豆の一粒づつの齢愛し

春料峭待ちて一枚切りの文

いつぱいに玻璃拭く春の光拭く

桃一枝活けて血を継ぐものもなし
葉おもてに朝日を載せて囀れり

水切の石が暮色を飛んで春

東歌刻む碑草萌ゆる

一瞬に巻尺戻る蝶の昼

ことぶれの柳絮を追へり日の磧

白地図の色を殖やして春夕べ

四方に張る気球の綱よ春の浜

蛤の重さがけふを豊かにす

指差して列車を発たす花旋風

わが影に座して木椅子の暖かし

脚深く組む春愁の樹下の椅子

胸中の落花を今に忌日来る

栞して蔵ふ春夜の唱歌集

をだまきや写真一葉のみの祖母

髪切りて来て駅頭の夏めく灯

街道の灯影くはしき五月来ぬ

竹叢の皮脱ぎて雨意にはかなり

仰ぎては師の標とせむ朴一花

飾られて埴輪口開く青葉風

父の日や声かけて焚く香一炷

あをあをと山河はありぬ草矢打つ

蔵並の皆窓開けて大南風

蛍袋吐息をひとつづつ包み

一度切りの真夜の風鈴先師の忌

独り居にあつて無き刻心太

白玉や世に遅るるといふ寧さ

少しづつ抜き師の句となる扇

白服に出でては風を怖れけり

夏館叢中に灯をひとつひとつ

避暑期果つ木椅子に帽と文庫本

行く夏や返しそびれし書の二三

玻璃拭ふ内気な秋を招くべく

その中の師の忌を思ふ九月来ぬ

小走りに出でて秋意を投函す
括られて萩の叛意のあらはるる

打てば響く語ありて生姜香るなり

秋草や壺いきいきと夜の影

身に纏ふ素風七十路すすむなり

菊の香や白は心を試す色

一片の陶の遍歴鳥渡る

鶺鴒に蹤きて先師の忌の磧

旅に出たし秋草を風渡る日は
尾燈露けし遠国へ行く列車

口中に顆粒の苦き十三夜

菊冷や母の縫目のこまやかに

冬支度家ぬちを無駄にゆききして

衣嚢より昨日の半券初時雨

叱咤とも父の逮夜の凩は

切株の齢を数ふ霜日和

降誕歌火影が階を昇り来る

＊

つつしみて一書几に置く去年今年
廻り澄む独楽にあめつちありにけり

更けし夜の一喫の白湯寒に入る

冬木の芽海鳴りは人悼むかな

貝殻に遠き声聞く冬日和

沖の日を呼ぶ寒泳の白扇は

寒泳の左手に富士を搏ちてゆく

ひとすぢに芝火を誘ふ海の紺

思ひ出はいつも淡彩蘆の角
魚は氷に上れり人は駅頭に

安房は朝の貨車に花菜を溢れさす

軒深く海光入れて種物屋

菰解きて海光均す苗木市

御饌の魚跳ねてはじまる春祭

鞦韆は強く漕ぐべし暮るる海

鳥雲に入る岬端は祈りの場

川過る気球の影や春夕べ

一握の菫と風を連れて行く

芽吹く樹の光を束ね広河原

柳絮追ひゆけり果たせぬ約あまた

誰にともなき供華と束ねて苜蓿
十年余を経て母の忌の暖かし

丹念に嵌め春愁の貝釦

花筏堰越えてより風疾し

行く春の画布の端より波描く

長堤は風も一列夏来る

母の世の絹布の重さ夏めきぬ

薫る風入れて書信の封を閉づ

菖蒲笛母ありし世に遊ぶかな

六月や海風を追ふ螺旋階

重ね塗る画布の隅々まで青葉

供華替へしのみ父の日といふ遠さ

螢飛ぶ山祇の火を奪ひては

金剛の闇の艶増す螢の夜

行間は密を佳しとす青葡萄

櫂挙げて高き日讃ふ海開き

海の駅涼しひと日の帽を買ふ

海道の風を畳めり白日傘

桟橋は彼我逢ふところ南風吹く

海岸に蛇口屹立して晩夏

遠き帆に心を添はす秋はじめ

ボート曳く新涼の声合せては

雲梯に秋麗の海引寄せぬ

秋風や海の色溶く絵具皿

人は昔大志ありけり鰯雲

海凪いで鶏頭のもう発火点

秋草を束ねて海に会ひにゆく

路地奥の猫が眠たき浦祭

道ひとつ変へて色なき風に逢ふ

小鳥来る土鈴に小さき紅の口

時満ちて蒼天へ発つ蘆の絮

岬端はいつも未知数雁渡る

朝市の触れて露けき台秤

回転扉秋風が身をすべりくる

秋思断つ更に短く髪切つて

蘆刈つて風素通りの広河原

風を率て海神還る磴高し

夕千鳥足あとをまた波が消す

確かなる信や夕日の冬木の芽
駅の灯を少しはづれて降誕歌

冬帽の父ありありとけふ忌日

あとがき

母没後十五年の句を選び『航路』を編んだ。

特に謂れはないが、第二句集以降海に因んだ集名を選んできたのでそれに拠った。

初投句以来六十余年になるが、俳句の難しさは増すばかりである。

原稿作成の段階から丹羽啓子さんの御助力を得た。記して謝すのみである。

令和四年十二月五日

小野恵美子

季語別索引

季語別索引は概ね『新日本大歳時記』（講談社）に拠った。

春

春
とりどりの旅装や春が着岸す　11
春へ一歩出づるや胸の鍵開けて　101
水切の石が暮色を飛んで春　135

立春
青畳春立つ跫音やはらかし　69

春浅し
浅春の帽を支へて耳二つ　102

冴返る
みがかれて銀器もつとも冴返る　101

余寒
夕刊の残る寒さを畳みけり　103

春寒
料峭や束ねて和紙に裏おもて　69
春料峭待ちて一枚切りの文　133

魚氷に上る
魚は氷に上れり人は駅頭に　164

三月
三月の画布に重ねて波の色　71

鷹化して鳩と為る
鷹鳩と化す掌中にある宇宙　74
鷹鳩と化す楷書しか書けぬ我　104

春暁
春暁の拳ひらけば波のこゑ　11

春の夕
手繋ぎて樹齢を測る春夕べ　13
白地図の色を殖やして春夕べ　137
川過る気球の影や春夕べ　168

春の夜
栞して蔵ふ春夜の唱歌集　140

暖か
わが影に座して木椅子の暖かし　139

十年余を経て母の忌の暖かし　170

花冷
忌を明日の髪切りにゆく桜冷　42
花冷や母の逮夜をちらし鮓　75
杉香る斎の割箸さくら冷　106

花時
堤行く風の翼やさくら時　41

春深し
なかなかに返書は重し春深し　107

行く春
行く春の画布の端より波描く　172

春光
いつぱいに玻璃拭く春の光拭く　133

春の月
春月の見てゐる鍵を挿しにけり　43

朧
夢いくつ載せておぼろへ列車発つ　17

風光る
地に描く大いなる円風光る　70
未知へなほ向ふ靴先風光る　103

春の雪
畝なりに残る春雪鶏鳴けり　10

霞
大霞午鐘を海へ拡げゆく　12

春の夕焼
湧水の雲影ちぢに春茜　14

春の川
白地図を一気に馳せて春の川　73

春の海
四方に張る気球の綱よ春の浜　137

春の波
絵の具の斑いくつ重ねて春怒濤　12

春服
春装にとりまかれたる昇降機　44

蒸鰈
三代の東京住ひ蒸鰈　104

芝焼く
身じろがぬ少年の影芝火燃ゆ　40
ひとすぢに芝火を誘ふ海の紺　163

種物

軒深く海光入れて種物屋　165
苗木市
菰解きて海光均す苗木市　166
ぶらんこ
鞦韆は強く漕ぐべし暮るる海　167
春愁
春愁や埴輪に永久のまるき口　76
春愁や薬缶が笛を吹く真昼　105
脚深く組む春愁の樹下の椅子　139
丹念に嵌め春愁の貝釦　171
卒業
遠雲へ槻の喝采卒業期　41
春祭
春祭べつかふ飴に海透けて　71
御饌の魚跳ねてはじまる春祭　166
猫の恋
恋猫は何約せしや灯に別れ　9
磯畑へ木橋渡りぬ猫の恋　40
燕
対岸の風濃きゆふべ燕来る　42
引鴨
発つ鴨と残るを繋ぐ波の綺羅　15
暁の風を恃みに鴨帰る　72
鳥雲に入る
鳥雲に岬の茶房の独逸文字　72
鳥雲に入る岬端は祈りの場　167
囀
葉おもてに朝日を載せて囀れり　134
蛤
蛤の重さがけふを豊かにす　138
蝶
ナプキンの円錐並ぶ蝶の昼　70
一瞬に巻尺戻る蝶の昼　136
春の蚊
羽根もつは寂しきか早や春蚊出づ　107
梅
踞めるは飛立つかたち梅真白　102
初花
忌日来る一世の縁の初ざくら　16
桜

行きかへり見て母の忌の大桜　75

花

指差して列車を発たす花旋風　138

落花

花ふぶけ小さくなつた母がゐる　16
その中に母を顕たせて花吹雪　105
胸中の落花を今に忌日来る　140
花筏堰越えてより風疾し　171

桜蘂降る

ひと世とは桜蘂降る片手桶　43
桜蘂降るや十年の心の喪　106

桃の花

桃一枝活けて血を継ぐものもなし　134

木の芽

双手もて受けて芽立の些々の雨　73
芽吹く樹の光を束ね広河原　169

柳絮

天へ託す文のあれこれ柳絮飛ぶ　15
ことぶれの柳絮を追へり日の磧　136
柳絮追ひゆけり果たせぬ約あまた　169

苧環の花

をだまきや写真一葉のみの祖母　141

菜の花

安房は朝の貨車に花菜を溢れさす　165

下萌

草萌や巻尺限りなく伸ばし　13
東歌刻む碑草萌ゆる　135

菫

一握の菫と風を連れて行く　168

苜蓿

誰にともなき供華と束ねて苜蓿　170

蒲公英

まだ夢を追ふ蒲公英の絮の旅　76

猫の眼草

猫の眼草跼めば耳朶を風過ぎぬ　14

蘆の角

思ひ出はいつも淡彩蘆の角　164

末黒蘆

夕波の丈揃ひたる末黒蘆　10

春の草

磧草芳し暫し藉きてゐむ　74

夏

初夏

はつ夏の海光殖やすとんぼ玉　18

五月

風五月写真の母と海へ行く　77
街道の灯影くはしき五月来ぬ　142

立夏

白地図のおほかたは海夏に入る　17
一軽舸立夏の風を載せて漕ぐ　77
磧草影纏ひそめけふ立夏　108
長堤は風も一列夏来る　172

夏めく

髪切りて来て駅頭の夏めく灯　141
母の世の絹布の重さ夏めきぬ　173

六月

六月や海風を追ふ螺旋階　174

晩夏

海岸に蛇口屹立して晩夏　179

三伏

三伏の風ひとすぢを恃む朝　111

暑し

諳んずる師の句幾許暑に抗す　112

涼し

思ひ出の師に及びたる言涼し　22
簷底に余白涼しき父の文　24
師のひと世直情といふ涼しさよ　52
砂時計真夜の四辺を涼しくす　112
海の駅涼しひと日の帽を買ふ　178

夏の果

行く夏や返しそびれし書の二三　149

南風

蔵並の皆窓開けて大南風　145
桟橋は彼我逢ふところ南風吹く　179

白南風

白南風や流木で書く一行詩　20
白南風の帆やふるさととなす他郷　20

茅花流し

遠き帆を茅花流しの起点とす　79

青嵐
漕艇へこゑの束投げ青あらし 19
たてがみも鞭も流線青あらし 46

薫風
薫る風入れて書信の封を閉づ 173

雷
期して待つ多摩の雷かな先師の忌 52

更衣
風も刻もゆるやかに過ぐ更衣 45

白服
白服に出でては風を怖れけり 148

日傘
海道の風を畳めり白日傘 178

夏帽子
夏帽を振つて改札口に消ゆ 23
海の駅より繰出す百の夏帽子 82

白靴
白靴の旅愁を拭ふ夜の列車 23

白玉
白玉や世に遅るるといふ寧さ 147

心太
独り居にあつて無き刻心太 146

夏館
表札の楷書由々しき夏館 109
夏館叢中に灯をひとつひとつ 148

網戸
端座とふもてなしもあり青網戸 21

夏暖簾
ふるまちの水音さはに夏のれん 81

扇
少しづつ抜き師の句となる扇 147

風鈴
貝風鈴はるかより夢運ぶなり 21
一度切りの真夜の風鈴先師の忌 146

撒水車
撒水車海道に虹曳きてゆく 113

避暑
避暑期果つ木椅子に帽と文庫本 149

砂日傘
砂日傘きつちりと捲く別れかな 22

ナイター
ナイターの沸騰点の中にゐる　45
草矢
あをあをと山河はありぬ草矢打つ　144
父の日
父の日といふ何もせぬ日なりけり　110
父の日や声かけて焚く香一炷　144
供華替へしのみ父の日といふ遠さ　175
海の記念日
海の日や気球の影を置く渚　81
菖蒲湯
独り居も佳しや六日の菖蒲風呂　44
菖蒲笛
菖蒲笛母ありし世に遊ぶかな　174
海開き
クレヨンの青使ひ切る海開き　19
櫂挙げて高き日讃ふ海開き　177
夏越
大茅の輪結ふ山霧に糅しては　49
流すこと今年多々ある夏越かな　110
燕の子
子燕や大戸をひらく船具店　78
鰹
付台の葉蘭の艶も鰹どき　78
夏の蝶
木暮より出で鳳蝶となる真昼　111
蛾
昇降機ひらりと灯蛾の乗りきたる　113
螢
亡き人と手繋ぐ間を螢の火　49
渓声のふた筋となる螢の火　50
手を逸れてちちははの世を飛ぶ螢　82
振向かぬことを掟か螢の夜　83
手に囲ふ螢火帰心俄かなり　83
螢飛ぶ山祇の火を奪ひては　176
金剛の闇の艶増す螢の夜　176
落し文
落し文に踞みて己が影拾ふ　84
糸蜻蛉
小流れは雲の通ひ路糸蜻蛉　114

薔薇
薔薇の風渡り円卓に序列なし　108
茨の花
咲き満ちて野ばらが海をさびしくす　80
牡丹
ほぐれむとして朝風に牡丹の威　79
青葡萄
行間は密を佳しとす青葡萄　177
枇杷
祖父の忌や露のまろさの枇杷一顆　109
青葉
飾られて埴輪口開く青葉風　143
重ね塗る画布の隅々まで青葉　175
木下闇
山姥に振向かれたる青葉闇　50
朴の花
水満ちて天上に朴ひらきけり　48
深谿より朴咲き雲はみづみづし　48
仰ぎては師の標とせむ朴一花　143
黐の花
わらべ唄は平仮名ばかり黐の花　18
椎の花
椎咲けり真夜投函の音たしか　51
沙羅の花
中坪に無韻の刻や沙羅落花　84
竹の皮脱ぐ
竹皮を脱げり楷書のごと生きむ　47
竹皮を脱ぎてはじまる物語　80
竹叢の皮脱ぎて雨意にはかなり　142
青蘆
泳ぎ切りし犬の身震ひ蘆茂る　46
夏萩
夏萩の白の矜恃を括りけり　51
螢袋
螢袋吐息をひとつづつ包み　145
玉解く葛
玉解く葛朝は鳥語も濡れてゐる　47

秋

秋
玻璃拭ふ内気な秋を招くべく　150

初秋
新秋の玻璃拭くあをき海を拭く　54
帽変へて出て新秋の風に逢ふ　86
遠き帆に心を添はす秋はじめ　180

八月
八月や征かぬを負目たりし父　53

立秋
秋立つと風が耳打して過ぎぬ　114

秋めく
ひとつひとつ灯り秋めく窓となる　86

新涼
ボート曳く新涼の声合せては　180

処暑
翳さらに濃くせり処暑の槻並木　53

九月
用無きに出でて九月のきつね雨　115
その中の師の忌を思ふ九月来ぬ　150

雀蛤となる
雀蛤となる叶はざる夢ばかり　55

秋麗
雲梯に秋麗の海引寄せぬ　181

爽か
爽かや戸籍筆頭者にしてひとり　26
波爽涼雲湧く方にある未来　54

冷やか
冷えびえと使はぬ部屋の畳踏む　93
仏供へと折りて半紙の朝の冷　93

菊冷
菊冷や母の縫目のこまやかに　156

秋の声
小筥よりさらに小筥や秋の声　59
母恋へば紅絹の袖より秋の声　118

鰯雲
鰯雲一顆の種と吾もならむ　56
占ひのけふを恃めり鰯雲　117
人は昔大志ありけり鰯雲　182

月
月光をこぼさぬやうにたなごころ　117
後の月
口中に顆粒の苦き十三夜　156
秋風
秋風に少女らに追越されゆく　57
秋風や旅に求めし陶一壺　88
秋風や声変へてみる糸電話　88
秋風の遠へ祈りの帽を取る　115
秋風や海の色溶く絵具皿　181
回転扉秋風が身をすべりくる　186
色無き風
身に纏ふ素風七十路すすむなり　153
道ひとつ変へて色なき風に逢ふ　184
爽籟
爽籟や旅愁を束ね発つ巨船　87
霧
霧の夜の列車挙手もて送るなり　58
露
夕刊嚙む露けきドアの一つ一つ　26
露の子等に兎を探す掲示板　27
分けゆきて師のこゑ聞かな露葎　89
踝は驚きやすし露葎　92
尾燈露けし遠国へ行く列車　155
朝市の触れて露けき台秤　186
落し水
喜びの大いなる束落し水　119
冬仕度
冬支度家ぬちを無駄にゆききして　157
蘆刈
波音や刈りて丈余の蘆の艶　56
蘆刈つてまた対岸を遠くしぬ　91
蘆刈つて風素通りの広河原　187
秋意
対岸の秋意に触るるべく渉る　120
小走りに出でて秋意を投函す　151
秋思
起抜けのしやぼんの泡にある秋思　25
秋思断つ更に短く髪切つて　187
重陽

重陽の葭のしろがね暮れゆけり　27
燈籠流
おのづから追風となる流燈会　25
流すまでうつし世に置く絵燈籠　85
ひざまづくとき風俄か流燈会　85
秋祭
路地奥の猫が眠たき浦祭　183
茄子の馬
茄子の馬ちちははにもう遅速なし　24
渡り鳥
一片の陶の遍歴鳥渡る　154
小鳥
小鳥来る旅信の封のト字記号　58
小鳥来る色それぞれに糖衣錠　90
日毎捲く父の時計よ小鳥来る　122
小鳥来る土鈴に小さき紅の口　184
鶺鴒
鶺鴒に蹤きて先師の忌の磧　154
雁
画布に打つ点集まつて雁渡る　29
岬端はいつも未知数雁渡る　185
蟋蟀
こほろぎや耳奥は侏儒の棲める国　90
蟷螂
蟷螂飛ぶ先へ先へと影殖やし　89
畦草に風を移して蟷螂飛ぶ　119
木槿
薬ながき白木槿海暮れむとす　28
柚子
吸口の柚子より旅愁始まれり　55
新松子
父情とは口つぐむもの新松子　30
こころざし高きに遊び新松子　120
木の実
飾文字大き墓碑銘木の実降る　87
木の実一顆打ちて湧水昂らす　92
邂逅や木の実一顆を手渡しに　118
鶏頭
海凪いで鶏頭のもう発火点　182
鳳仙花

爪紅や風の路地より縄電車　116
菊
菊の香や白は心を試す色　153
生姜
打てば響く語ありて生姜香るなり　152
秋草
秋草や壺いきいきと夜の影　152
旅に出たし秋草を風渡る日は　155
秋草を束ねて海に会ひにゆく　183
草の穂
小流れは穂絮の軽さもて跳ばむ　29
萩
袖垣に秀でて風の萩一枝　116
半円の萩の夕風くぐりけり　121
括られて萩の叛意のあらはるる　151
蘆の穂絮
朝すでに飛ぶ意たしかや蘆の絮　121
時満ちて蒼天へ発つ蘆の絮　185
数珠玉
数珠玉の幾顆を旅のかたみとす　30
曼珠沙華
束ねては十指も燃ゆる曼珠沙華　28
ふるさとに濠あり曼珠沙華咲けり　57
海鳴りや影ごと刈つて曼珠沙華　91

冬

立冬
異星より無数の電波冬に入る　59
年の暮
予定表書けば一気に年詰る　33
大晦日
あかあかと灯し除日の探しもの　63
年の夜
螺子捲いて父の時計を起す除夜　96
寒の入
更けし夜の一喫の白湯寒に入る　161
大寒
列車野に出で大寒の日を追へり　37
短日
人送る言の葉も日も短しや　124

霜夜
音立てて畳む霜夜の旅の地図　95
冷し
知恵の輪の冷たさに夜は遊ぶべし　98
日脚伸ぶ
忌に集ひ日脚伸びしを誰も言ふ　100
春待つ
待春の風は何色玻璃を拭く　68
冬晴
貝殻に遠き声聞く冬日和　162
冬の星
言霊は滅びず冬の一つ星　31
凩
名付けては親し木枯一号も　31
叱咤とも父の逮夜の凩は　158
初時雨
衣嚢より昨日の半券初時雨　157
時雨
新宿に出て父の忌の片時雨　33
耕二忌や地に大粒の時雨の斑　60
父の忌の時雨を追うて戻りけり　94
霜
霜踏みゆき思ひ躓くばかりかな　34
切株の齢を数ふ霜日和　158
雪
たよりなき灯を橋上に雪来るか　125
雪降れり薬味をさはに鰊蕎麦　131
重ね着
重ね着て開き直つてゐたりけり　98
着ぶくれ
少数派任じぬいよよ着膨れて　132
冬帽子
冬帽の父ありありとけふ忌日　190
手袋
邂逅の大き手套につつまれぬ　37
衒へ脱ぐ手套よ海の無人駅　61
毛糸編む
一目づつむかしを掬ひ毛糸編む　130
葛湯
父の忌の葛湯や下戸を我継ぎて　95

火の番
離りゆく寒柝に気を載せてゐる 99
寒柝の遠さはちちははの遠さ 99
綾取
綾取の橋がくづれて眠くなる 131
縄飛
縄跳や波のはたての富士も入れ 38
寒中水泳
寒泳の白鉢巻を擲てり 38
乙女らの寒泳校歌もて終る 39
沖の日を呼ぶ寒泳の白扇は 162
寒泳の左手に富士を搏ちてゆく 163
年用意
大臼に光を湛へ年用意 62
煤払
煤掃やしばし遺影を几に移し 34
社会鍋
楽に合はす胸中のこゑ社会鍋 62
社会鍋楽のをはりは息長に 124
豆撒
ひとり撒く福豆十粒ほどの幸 100
福豆の一粒づつの齢愛し 132
神迎へ
風を率て海神還る磴高し 188
クリスマス
降誕歌火影が階を昇り来る 159
駅の灯を少しはづれて降誕歌 189
鴨
鴨の輪に一羽を加へ日洽し 39
千鳥
夕千鳥足あとをまた波が消す 188
綿虫
綿虫を追ふ父の忌の影を追ふ 123
枇杷の花
天鵞絨の夕日を浦に枇杷の花 61
落葉
好晴の画布のうちそと落葉降る 32
日の落葉一枚受けて耕二の忌 94
耕二忌や落葉を悼へ槻大樹 123
冬木

上枝より風のはじまる冬欅　32
日当りてけふより冬樹となりぬ　60
冬芽
冬木の芽海鳴りは人悼むかな　161
確かなる信や夕日の冬木の芽　189
白菜
ざくと切る白菜何に怒りゐし　122
新年
今年
窓少し開けて今年の風を待つ　7
去年
それぞれの座に影戻り去年今年　35
容なきものに守られ去年今年　67
つつしみて一書几に置く去年今年　160
初日
瞑れば我に初日の翼あり　7
鳥総松
鳥総松風がさびしくなりにけり　9
鳥総松秀に触れ命惜むなり　67
初夢
初夢の混沌たるを吉とせり　97
初旅
太初より空はみづいろ旅始　68
歌留多
いつの世も父が読み手の歌がるた　129
独楽
喧嘩独楽同心円の色あふれ　130
廻り澄む独楽にあめつちありにけり　160
ぽつぺん
耳打のごとくぽつぺん鳴らしけり　97
ぽつぺんの昔の音を聞く夜かな　129
獅子舞
獅子舞の気負を冷ます風の辻　36
出初
川波の綺羅が囃せり梯子乗　8
恵方詣
蔵の扉を恵方へ開く槻並木　36
七福神詣
福詣いくつもの橋渡りけり　8

初句索引

あ 行

あをあをと……144
仰ぎては……143
青畳……69
あかあかと……63
暁の……72
秋風に……57
秋風の……115
秋風や
—旅に求めし……88
—声変へてみる……88
—海の色溶く……181
秋草や……152
秋草を……183
秋立つと……114
朝市の……186
朝すでに……121
蘆刈つて
—また対岸を……91
—風素通りの……187
脚深く……139
東歌……135
畦草に……119
綾取の……131
安房は朝の……165
異星より……59
磯畑へ……40
一握の……168
一軽舸……77
一度切りの……146
一瞬に……136
いつの世も……129
いつぱいに……133
一片の……154
衣嚢より……157
鰯雲……56
魚は氷に……164
打てば響く……152
畝なりに……10
海凪いで……182
海鳴りや……91
海の駅……178
海の駅より……82
海の日や……81
占ひの……117
雲梯に……181
駅の灯を……189
絵の具の斑……12
大臼に……62
大霞……12
大茅の輪……49
起抜けの……25
沖の日を……162
をだまきや……141
落し文に……84
音立てて……95
乙女らの……39
おのづから……25
思ひ出の……22
思ひ出は……164
泳ぎ切りし……46

か 行

櫂挙げて……177
貝殻に……162
海岸に……179
邂逅の……37

さ行

咲き満ちて……80
ざくと切る……122
桜蘂……106
撒水車……113
爽かや……26
三月の……71
三代の……104
桟橋は……179
三伏の……111
椎咲けり……51
栞して……140
獅子舞の……36
叱咤とも……158
師のひと世……52
藻ながき……28
霜踏みゆき……34
社会鍋……124
秋思断つ……187
鞦韆は……167
数珠玉の……30
春暁の……11
春月の……43
春愁や
―埴輪に永久の……76
―薬缶が笛を……105
春装に……44
昇降機……113
少数派……132
菖蒲笛……174
白玉や……147
白南風の……20
白南風や……20
白靴の……23
白服に……148
新秋の……54
新宿に……33
吸口の……55
杉香る……106
少しづつ……147
煤掃や……34
雀蛤と……55
砂時計……112
砂日傘……22
鶺鴒に……154
浅春の……102
漕艇へ……19
爽籟や……87
袖垣に……116
その中に……105
その中の……150
祖父の忌や……109
諳んずる……112
それぞれの……35

た行

対岸の
―風濃きゆふべ……42
―秋意に触るる……120
待春の……68
太初より……68
鷹鳩と
―化す掌中に……74
―化す楷書しか……104
竹皮を
―脱げり楷書の……47
―脱ぎてはじまる……80
竹叢の……142
確かなる……189
発つ鴨と……15
たてがみも……46
旅に出たし……155
玉解く葛……47
たよりなき……125
誰にともなき……170
端座とふ……21
丹念に……171
知恵の輪の……98
父の忌の
―時雨を追うて……94
―葛湯や下戸を……95

な行

は行

人は昔…… 182
一目づつ…… 130
ひと世とは…… 43
独り居に…… 146
独り居も…… 44
ひとり撒く…… 100
日の落葉…… 94
表札の…… 109
天鵞絨の…… 61
深谿より…… 48
福豆の…… 132
福詣…… 8
更けし夜の…… 161
父情とは…… 30
仏供へと…… 93
冬木の芽…… 161
冬支度…… 157
冬帽の…… 190
振向かぬ…… 83
ふるさとに…… 57
ふるまちの…… 81
帽変へて…… 86
ボート曳く…… 180
ほぐれむと…… 79
螢飛ぶ…… 176
螢袋…… 145
上枝より…… 32
ぽつぺんの…… 129

ま行

まだ夢を…… 76
窓少し…… 7
廻り澄む…… 160
みがかれて…… 101
御饌の魚…… 166
身じろがぬ…… 40
水切の…… 135
水満ちて…… 48
道ひとつ…… 184
未知へなほ…… 103
身に纏ふ…… 153
耳打の…… 97
瞑れば…… 7
芽吹く樹の…… 169
桃一枝…… 134
双手もて…… 73

や行

山姥に…… 50
夕刊嚙む…… 26
夕刊の…… 103
湧水の…… 14
夕千鳥…… 188
夕波の…… 10
行きかへり…… 75
雪降れり…… 131
行く夏や…… 149
行く春の…… 172
指差して…… 138
夢いくつ…… 17
用無きに…… 115
予定表…… 33
四方に張る…… 137
喜びの…… 119

ら行

柳絮追ひ…… 169
料峭や…… 69
列車野に…… 37
六月や…… 174
路地奥の…… 183

わ行

わが影に…… 139
分けゆきて…… 89
綿虫を…… 123
わらべ唄は…… 18

著者略歴

小野恵美子（おの・えみこ）

昭和17（1942）年７月20日　東京・四谷に生れる

昭和34年３月号より 「馬醉木」に投句
平成９年　馬醉木賞

句集
『埴輪の馬』（1979）
『海景』（1986）
『岬端』（1992）
『自註小野恵美子集』（1997）
『鏡浦』（2008）

*

『水原秋櫻子全句集索引』（2005）
『水原秋櫻子　一句の風景』（2015）

「馬醉木」同人
俳人協会幹事

現住所
〒182-0035　調布市上石原3－54－3－502

句集　航路　こうろ

二〇二三年二月四日　初版発行

著　者――小野恵美子

発行人――山岡喜美子

発行所――ふらんす堂

〒182-0002 東京都調布市仙川町一―一五―三八―二F

電　話――〇三（三三二六）九〇六一　FAX〇三（三三二六）六九一九

ホームページ http://furansudo.com/　E-mail info@furansudo.com

振　替――〇〇一七〇―一―一八四一七三

装　丁――君嶋真理子

印刷所――日本ハイコム㈱

製本所――日本ハイコム㈱

定　価――本体二五〇〇円＋税

ISBN978-4-7814-1524-6 C0092 ¥2500E

乱丁・落丁本はお取替えいたします。